C. N. Aubert

Traité élémentaire et pratique de la photographie au charbon

Antigonos

C. N. Aubert

Traité élémentaire et pratique de la photographie au charbon

Réimpression inchangée de l'édition originale de 1878.

1ère édition 1878 | ISBN: 978-3-38662-292-9

Antigonos Verlag est une marque de Outlook Verlagsgesellschaft mbH.

Verlag (Éditeur): Outlook Verlag GmbH, Zeilweg 44, 60439 Frankfurt, Deutschland
Vertretungsberechtigt (Représentant autorisé): E. Roepke, Zeilweg 44, 60439 Frankfurt, Deutschland
Druck (Imprimerie): Libri Plureos GmbH, Friedensallee 273, 22763 Hamburg, Deutschland

TRAITÉ

ÉLÉMENTAIRE ET PRATIQUE

DE LA

PHOTOGRAPHIE

AU CHARBON

PAR

C. N. AUBERT

AMATEUR-PHOTOGRAPHE.

PARIS

GAUTHIER-VILLARS, IMPRIMEUR-LIBRAIRE

DU BUREAU DES LONGITUDES, DE L'ÉCOLE POLYTECHNIQUE

SUCCESSEUR DE MALLET-BACHELIER

Quai des Grands-Augustins, 55.

1878.

faible que celui qui a servi à la recherche du type, cette nuance devra être produite en moins de temps, et par conséquent le couvercle devra être plus ouvert pour attirer plus de lumière dans l'instrument; si l'on a un cliché plus fort, la nuance type devra être produite en plus de temps, et à cette fin on fermera plus le couvercle, pour diminuer ainsi l'affluence de clarté. Ainsi pour un cliché *très*-fort, on ne laissera par exemple ouverte qu'une seule division, tandis que pour un cliché *très*-faible on tirera le couvercle en entier, en laissant ainsi toute l'ouverture exposée.

Dans ce photomètre, M. Van Monckhoven emploie un papier sensible préparé spécialement par lui, et qui, dit-il, conserve le même degré de sensibilité et de fraîcheur, pendant toute la durée de son emploi.

Photomètre Vidal. — Ce photomètre représente un petit plateau, divisé en 3 séries de teintes graduées, chaque série comptant 10 petites cases carrées; les séries sont désignées par A, B et C, les cases de bas en haut par les chiffres 1 à 10. Chaque case est colorée d'une nuance qui peut s'obtenir photographiquement par une exposition plus ou moins longue à la lumière, du papier albuminé sensible, c'est-à-dire que les 3 cases Nᵒ 1 ont une nuance très-faible, les cases Nᵒ 2 une nuance un peu plus prononcée, et ainsi de suite jusqu'aux 3 cases Nᵒ 10, dont la nuance est la plus foncée. En outre un petit cadre s'adaptant au-dessus de ce plateau, est tendu de remarquez bien, cher lecteur, que la translucidité de la série C est de beaucoup diminuée par la triple bande de mica, qui couvre cette série. Cette nuance 8 C sera donc obtenue beaucoup plus lentement que celle 8 A, et il faudra donc un cliché plus fort pour y correspondre.

On voit que par l'entrave des 3 bandes de mica, la 1re simple, la 2e double, et la 3e triple, on obtient une échelle *variée* de 30 stations pour mesurer le temps de pose de clichés de différente force. En outre un verre jaune peut glisser entre les coulisses de l'encadrement, au-dessus des bandes de mica, de manière à recouvrir tour-à-tour chacune des séries graduées A, B, C, et de diminuer encore par là la translucidité, s'il le faut, pour mesure de clichés très-forts.

On voit que ce photomètre, assez compliqué, permet de se référer à un très-grand nombre de points de repère, pour mesurer le temps des poses, ce qui naturellement est une garantie de grande exactitude pour l'inscription du degré photométrique des clichés.

Photomètre Vogel. Ce photomètre est aussi basé sur le système d'entraves successivement plus fortes, qu'on met entre la clarté du jour et le papier sensible placé dans le photomètre. Qu'on se figure une boîte rectangulaire en bois, ayant environ 14 centimètres de long sur 2 $^1/_2$ de large ; le plateau du couvercle

« Comme il est naïf, ce petit bout d'auteur;
« décrit une foule de détails qui n'ont aucun besoin
« de l'être, tellement ils sont évidents, tellement ils
« se démontrent d'eux-mêmes : fallait-il noircir tant
« de papier pour cela? »

Nous vous répondrons simplement à l'avance, cher ami lecteur : « Quand on sait, ce n'est rien,
« mais ce petit traité est fait précisément pour ceux
« qui ne savent pas, et ...... l'un est évidemment
« moins prompt à saisir que l'autre, il faut prévoir
« tout; mieux vaut expliquer un peu trop que trop
« peu. »

Enfin , nous sommes persuadé qu'en procédant d'après nos conseils, vous arriverez au but désiré, à votre grande satisfaction, et aussi à la nôtre.

Ainsi donc, en route, avec un peu de courage, de l'exactitude, de la propreté, et surtout de la persévérance !

Gand, Janvier 1878.

FIN.

TRAITÉ

DE LA

PHOTOGRAPHIE AU CHARBON.

PRÉFACE.

Nous avons écrit ce petit traité, non point parce qu'il n'en existait pas, mais parce que ceux que nous avons lus, ne nous ont pas donné plein apaisement, et que l'expérience nous a appris qu'une modification sérieuse à plusieurs points préconisés par d'autres auteurs, menait à une grande simplification du travail, et à un résultat plus régulier et plus parfait.

Ensuite, il nous a paru nécessaire d'éloigner de ce traité autant que possible, tout ce qui n'est pas directement en rapport avec l'opération même du système au charbon, afin de ne pas embrouiller et effrayer d'emblée le commençant ou l'amateur, auxquels ce traité est principalement destiné. Notre but, en publiant ce petit ouvrage, n'est point de faire une spéculation en formant un livre volumineux, mais de décrire le procédé au charbon, et rien que le procédé au charbon, avec tous les détails et la minutie nécessaires pour que le lecteur, en s'y conformant, arrive à un bon résultat.

Dès que le procédé au charbon nous a été suffisamment connu, il a eu toute notre sympathie, non seulement à cause de l'inaltérabilité des images obtenues, mais plus encore à cause de la grande simplicité des opérations, comparativement à celles du système au papier albuminé ; les frais dans le système au charbon sont, il est vrai, plus élevés que pour l'autre système, mais ce léger sacrifice (pour un amateur) est largement compensé par l'agrément d'une succession rapide et simple de différentes manipulations, qui n'offrent rien d'ennuyeux, et par la presque certitude d'arriver au résultat désiré dans un laps de temps qu'on peut, approximativement déterminer à l'avance. Aussi avons-nous sans hésiter abandonné complètement la méthode au papier albuminé, et ne voudrions-nous plus y revenir ; car avec ce dernier système on est exposé à des ennuis et à des mécomptes continuels ; rappelons seulement en passant l'opération lente et monotone de la sensibilisation du papier albuminé. Quels soins et quelle patience pour un mince résultat ! Quelles précautions ne faut-il pas prendre pour préserver pendant ce travail les vêtements des éclaboussures de nitrate d'argent, substance éminemment destructive, et qui laisse tout au moins à l'opérateur des mains remplies de taches brunes pendant plusieurs jours après chaque opération. Puis, si ayant sensibilisé le soir du papier albuminé, on a le lendemain du mauvais temps pour le tirage, quel déboire amer ! Des clichés forts ne parviennent parfois pas à être imprimés suffisamment au bout d'une journée entière, et si le surlendemain une meilleure chance de clarté ne vous sourit, ou que le temps manque à l'amateur, tout le papier albuminé sensible qui n'a pas pu être employé, n'est plus bon qu'à être jeté.

Enfin le bain d'or, de triste mémoire, capricieux et entêté, refuse parfois son service quand à peine 4 ou 5 épreuves y ont passé, ou tout au moins ralentit son action brusquement et fortement, de manière à vous mettre sur les épines, et à vous prendre un temps bien précieux, sans que vous ayez un autre remède qu'à former un nouveau bain, qui peut-être vous suscitera le même mécompte.

Et quel arsenal de vases, de cuvettes, de bouteilles, d'entonnoirs, de crochets, de bains divers, pour venir à bout de ces opérations !

Nous sommes certains que ceux de nos lecteurs qui, ayant travaillé le papier albuminé, étudieront et pratiqueront le système au charbon, diront bientôt avec nous :

« Adieu, procédé à l'Albumine, dormez en paix » et que la terre vous soit légère. Ce n'est point

» que nous méconnaissions les grands services que
» vous avez rendus à la science !.... Mais, votre
» temps est passé, vous avez trouvé un digne suc-
» cesseur, et....,.. qui sait...... peut-être celui-ci
» sera-t-il un jour détrôné à son tour par un émule
» plus heureux? C'est la marche usuelle dans ce
» bas monde. »

L'Auteur.

CHAPITRE I.

Explications préliminaires.

La photographie, dite *au charbon*, consiste à imprimer l'image des clichés, sur papier, verre, cristal, métal, etc. au moyen d'un papier appelé *mixtionné* ou *au charbon*.

On appelle ce papier *au charbon*, parce qu'il est recouvert d'une couche de gélatine, mélangée très-souvent de couleur à l'encre de chine; or l'encre de chine contient dans sa composition, du *charbon*, ou *noir de fumée*.

Il est bon de se servir autant que possible de papier au charbon de même provenance et qualité, afin de pouvoir compter sur un résultat uniforme, en passant par les mêmes opérations ; car, le lecteur le comprendra aisément, il existe plusieurs fabricants de papier mixtionné, qui naturellement peuvent différer dans leur manière de confectionner ce papier.

Le papier au charbon se fait en différentes nuances, telles que *pourpre, rouge brique, rouge photographique, sépia, rouge chocolat, brun foncé, noir,etc.* C'est au photographe, quand il achète son papier, à demander celles de ces nuances qu'il préfère, et à faire choix d'une qualité de bonne fabrication (¹). On ne peut apprécier la qualité de ce papier à la vue, mais seulement à l'usage : le meilleur guide est donc la réputation bien établie du fabricant.

Le papier mixtionné ne sert absolument que d'intermédiaire, c'est-à-dire qu'il ne reçoit l'image que pour la transmettre au papier, verre, cristal, métal, etc. sur lequel on désire obtenir définitivement l'image.

Le papier mixtionné étant, après sensibilisation, beaucoup plus sensible à la lumière que le papier albuminé, on comprendra qu'il est *préférable* d'avoir pour le système au charbon des clichés plus forts que pour l'autre système : un cliché plus fort protége évidemment mieux les endroits blancs de l'image contre l'action de la lumière ; toutefois cela n'est pas d'une absolue nécessité, comme on le verra plus loin.

On obtient les images par le procédé au charbon, par deux voies différentes, notamment par *transfert simple*, et par *transfert double* ; dans le 1ʳ cas l'image est transportée directement du papier au charbon, sur un papier appelé de *transfert simple*, où elle reste définitivement ; mais elle est alors renversée ou retournée, c'est-à-dire que les endroits

---

(¹) Nous pouvons spécialement recommander pour sa bonne qualité le papier au charbon du Dʳ Van Monckhoven, à Gand, rue de l'Hôpital, et celui de la Compagnie Autotype (Spencer, Sawyer, Bird et Cᵉ) à Londres et à Paris ; cette dernière maison a un dépôt chez Mʳˢ De Bonnier et Cᵉ, à Bruxelles, rue de la Blanchisserie. Dans ces mêmes maisons on se procure aussi le papier de transport ou de transfert simple et double, ainsi que les différents instruments nécessaires aux opérations.

qui sont par exemple à gauche sur le modèle, se trouveront maintenant à droite, et vice-versa.

Au contraire par le *transfert double* (opération plus compliquée) l'image n'est pas transportée directement sur le papier définitif, mais passe encore par l'intermédiaire d'un *Support* ; celui-ci retient provisoirement l'image, pour la transmettre ensuite au papier dit « *de transfert double,* » où l'image arrive alors redressée.

Nous commencerons par la description du procédé au transfert simple, qui est du reste aussi la base jusqu'à un certain point du procédé au transfert double; le commençant fera donc bien de ne pas entamer le transfert double, avant de s'être mis bien au courant du transfert simple.

TRANSFERT SIMPLE.

CHAPITRE II.

Opérations préparatoires.

Les clichés destinés à être reproduits par le procédé au charbon, doivent absolument être vernis, comme on le fait *d'ordinaire* pour le système au papier albuminé ; cela est *nécessaire* ici, parce que le papier au charbon étant fort raide blesserait inévitablement le cliché non verni, avec ses bords plus ou moins recourbés en dedans, après le séchage.

Autour de l'image on colle sur le cliché (du côté verni) des bandes de papier foncé, de façon à former un encadrement opaque ; ceci a pour but de préserver les *bords* du papier mixtionné contre toute influence lumineuse, pendant l'exposition : nous verrons plus tard pourquoi. Le papier au charbon sera coupé à telle dimension que ses bords reposent, lors de l'impression à la lumière, sur l'encadrement opaque, mais *sans* le dépasser. Le papier dont nous nous servons d'habitude pour l'encadrement des images sur les clichés, est gris foncé et mince, et s'appelle communément dans le commerce « papier à papillottes » ; on le trouve dans la plupart des magasins de papiers et fournitures de classe. Tout autre papier est bon, pourvu qu'il soit bien opaque et pas trop épais, afin de permettre que le papier au charbon soit bien serré contre l'image, lors de l'impression.

En même temps qu'on coupe le papier mixtionné pour le tirage qu'on se propose, on coupe aussi le papier de simple ou de double transfert (suivant que l'on compte faire l'une ou l'autre de ces deux opérations), mais en ayant soin de prendre le papier de transfert un peu plus grand de chaque côté que le papier mixtionné auquel il est destiné. On marque sur l'envers des papiers les Numéros ou les Noms des clichés pour lesquels ils doivent servir, afin de ne pas se tromper dans le courant des opérations, et de ne pas s'exposer par là à des mécomptes.

Enfin il est nécessaire d'inscrire sur un carnet la désignation (par Numéro ou autrement) des différents clichés qu'on se propose de tirer ; on verra plus loin l'utilité de cette mesure.

CHAPITRE III.

Sensibilisation du papier au charbon.

Cette opération, quoique simple et facile, est très-importante pour le succès final à obtenir ; c'est pourquoi nous allons tâcher de la décrire le plus minutieusement possible.

Disons d'abord que cette sensibilisation peut se faire à la clarté du jour, en évitant toutefois le trop grand éclat; car, chose singulière, le papier au charbon sensibilisé, ne devient sensible que quand il est à peu-près sec.

Le bain sensibilisateur se compose de :

100 centim. cubes d'eau bien propre et claire) ou quantités
2 grammes de Bichromate de potasse.　　　) multiples.

Le Bichromate de potasse est une substance peu coûteuse qu'on trouve facilement chez tous les droguistes ; il est de nuance rouge et le plus souvent en cristaux. L'emploi de cette substance, plus ou moins vénéneuse, exige quelques précautions de la part de l'opérateur ; si l'on a une blessure à l'une ou l'autre main, il conviendra de ne pas plonger la partie blessée dans la solution de Bichromate. Certaines personnes, sans même avoir la moindre blessure aux mains, sont incommodées sous l'influence de cette matière, surtout quand elles en manipulent des bains abondants : des éruptions de la peau, des ampoules se produisent parfois sur leurs mains ou leurs bras. D'autres personnes par contre, et nous sommes de ce nombre, n'éprouvent aucun malaise par le Bichromate ; ajoutons toutefois que nous ne poussons pas la familiarité plus loin qu'il ne le faut, avec cette substance.

Le papier mixtionné étant coupé au format voulu, on passe à sa surface une brosse qui ne soit pas trop dure, telle qu'une brosse à chapeaux, afin d'enlever tous les petits points blancs, qui pourraient se trouver collés légèrement à la couche mixtionnée, et qui proviennent de l'envers du papier, celui-ci étant toujours conservé en rouleaux, et par suite l'envers touchant alors la face mixtionnée.

Pour sensibiliser ensuite le papier au charbon, on verse le bain de Bichromate, dûment filtré, dans une cuvette propre en porcelaine, en faïence ou en fer-blanc ; puis on y immerge le papier au charbon la surface noire au-dessus, et, tenant le papier bien immergé en posant le bout du doigt sur le bord, ou

(si l'on veut éviter le contact avec le Bichromate),
un petit bâton en bois, on passe légèrement dans
tous les sens, sur la surface noire, un grand pinceau
en *blaireau* ou en *martre*, afin de faire disparaître les
bulles d'air qui ne manquent pas de se former à
cette surface. Au commencement de l'immersion, les
bords du papier se recourbent vers la face mixtionnée,
mais on passe souvent le pinceau sur ces bords pour
les tenir humectés et plongés dans le liquide autant
que le milieu du papier; au bout de 50 à 60 secondes,
le papier s'aplatit, et à ce moment on s'empresse de
le retirer du bain pour le faire sécher. Si l'on tardait
plus longtemps à retirer le papier, il se recourberait
vers le bas, pour redevenir plus tard définitivement
plat.

Nous prescrivons un bain de Bichromate moins fort
que d'autres auteurs (qui indiquent 3 à 4 %), comme
aussi un séjour beaucoup moins long du papier mixtionné dans ce bain (d'autres prescrivent un séjour
d'au moins 3 minutes) ; nous avons trouvé un grand
avantage à notre manière de sensibiliser, et cela pour
les motifs suivants :

1° Nous diminuons la sensibilité du papier au charbon ; une trop grande sensibilité à la lumière est un
grave inconvénient, d'abord parce que le moindre écart
dans le temps de pose est de nature à compromettre
alors le succès ; puis avec un papier d'une sensibilité
exagérée, il n'y a moyen de reproduire convenablement que des clichés très-vigoureux ; tout cliché de
force moyenne ou faible est voué au rebut.

2° Le papier au charbon étant moins profondément

imprégné, sèche plus facilement et plus complètement, plus à fond ; or il est essentiel que le papier mixtionné soit bien sec avant de l'employer au tirage, et ce papier sèche déjà fort difficilement, n'augmentons donc point la difficulté.

3° Le bain de Bichromate reste plus longtemps propre, parce que le papier y restant moins longtemps, y dépose beaucoup moins de sa matière mixtionnée noire.

4° On gagne évidemment du temps, et on n'est point exposé à ces petits intervalles d'attente, si ennuyeux parce qu'on ne peut les utiliser par aucune autre occupation, étant obligé de suivre attentivement les minutes, pour que tous les papiers soient sensibilisés au même degré.

Il est bon de ne pas faire servir trop souvent le même bain de Bichromate, car celui-ci s'épuise ou diminue de force à mesure qu'on l'emploie et qu'on le filtre ; à l'emploi, parce qu'il absorbe une partie de la couche mixtionnée, ce qui altère son action sensibilisatrice ; au filtrage, parce que le Bichromate étant très-disposé à cristalliser (dans le genre de l'hyposulfite de soude), laisse toujours une partie de matière solide cristallisée sur le filtre, ce qui évidemment diminue la force du bain. En employant donc souvent le même bain on s'expose à de forts mécomptes dans l'impression des images, le papier au charbon étant alors moins sensible à chaque fois qu'on opère.

Du moment où la belle nuance rouge transparente du bain de Bichromate commence à se brouiller et à se noircir, jetez ce bain et faites en un nouveau ; le coût du Bichromate, nous le répétons, est si minime, que ce serait folie de vouloir compromettre le succès et gâter du papier coûteux, dans un but d'économie mal entendue.

Mais.... grand Dieu ! Nous allions *presque* oublier l'essentiel ! Le bain sensibilisateur ne peut pas avoir une température supérieure à *environ* 20 degrés centigrades ([1]), parce que trempée dans un liquide plus chaud, la gélatine de la couche mixtionnée deviendrait molle et fluide, et laisserait échapper la matière colorante à laquelle elle est mélangée.....

J'entends déjà quelques-uns de mes lecteurs s'écrier :

« Quelle attrape ! mais alors, en été, il est impos-
» sible de se servir du système au charbon ; car enfin
» on ne commande pas au soleil de retenir sa cha-
» leur !.... » Certes non, ami lecteur, ne comman-
dons rien au soleil, qui du reste ne nous écouterait pas ; mais, ne crions pas trop vite à l'impossible ; il y aura bien quelque moyen de s'arranger. Quelques auteurs conseillent de mettre pendant les grandes chaleurs, des morceaux de glace dans le bain de Bichromate, afin d'en abaisser la température ; mais, outre la difficulté, surtout pour un amateur, de se procurer cette glace fraîche et en petites quantités, et de la conserver un certain temps, en attendant le

---

([1]) Le degré maximum diffère plus ou moins, suivant la qualité de la gélatine employée à la fabrication du papier au charbon; d'un autre côté, notre système d'immersion à courte durée, lors de la sensibilisation, permet d'affronter sans inconvénient une température un peu plus élevée, que dans l'immersion longue.

moment de l'employer, il y a encore l'inconvénient qu'on diminue la force du bain par l'adjonction de cette glace ; puis, celle-ci peut vous fournir une eau qui ne soit pas tout-à-fait propre, etc... Que faire ? Descendons tout simplement à la cave ; il n'y a pas en définitive, un grand attirail d'objets à emporter ; une petite table d'enfant suffira pour mettre nos objets, soit une cuvette, la bouteille au bain de Bichromate, le papier au charbon destiné à être sensibilisé, le pinceau-blaireau, et une boite servant de séchoir. Du reste ce n'est qu'exceptionnellemeut pendant les fortes chaleurs que [nous seront réduits à ce déplacement.

CHAPITRE IV.

Séchage.

Comme nous le disions déjà dans le chapitre précédent, le papier au charbon sèche difficilement ; cependant il est urgent qu'il soit bien sec *au plus tard* 24 heures après la sensibilisation, afin d'éviter de grands mécomptes au sujet du degré de sensibilité de ce papier ; il est même de beaucoup préférable que le séchage se fasse en bien moins de temps : 6 à 10 h. sont déjà un intervalle assez long. Aussi les photographes qui immergent leur papier au charbon pendant 3 minutes et plus, dans le bain sensibilisateur, sont-ils obligés d'organiser spécialement une chambre pour le séchage en y formant des courants d'air sec, tout en tenant toute clarté exclue. Nous nous demandons vainement pourquoi on fait une immersion si longue, qui n'a aucune utilité, mais qui suscite tant d'embarras pour le séchage ; car enfin l'image, lors de l'impression, ne se forme *qu'à la surface* du papier mixtionné ; ce n'est donc que cette surface qui doit être sensible, et non point la couche mixtionnée dans toute son épaisseur.

Quand nous faisions nos premiers essais au charbon, et que naturellement, dépourvus d'expérience dans cette matière, nous sensibilisions notre papier, suivant les prescriptions des auteurs que nous avions pris pour guides, en le laissant dans le bain de Bichromate pendant 3 minutes, nous n'obtenions jamais finalement que des épreuves à dessin vague ; à tel point que désespérés de nos efforts infructueux, nous allions renoncer au système au charbon, quand notre excellent ami, l'éminent professeur Mr G. Devylder, apprenant notre découragement, nous engagea vivement à ne pas renoncer à nos tentatives, mais à étudier librement chaque phase du procédé, et à modifier (sans nous soucier des prescriptions des auteurs) telle ou telle partie des manipulations, si notre bon sens et un examen sérieux nous faisait entrevoir une amélioration par cette modification.

Nous avons suivi ce bon conseil, et notre attention s'est tout d'abord portée sur la sensibilisation à bain faible (en été 2 °/₀ *tout au plus*) et à courte durée (au maximum 1 minute); en suivant aujourd'hui cette méthode, nous obtenons régulièrement des épreuves d'une netteté et d'une finesse de détails parfaites; de plus nos clichés, pourvu qu'ils ne soient pas par trop faibles, se reproduisent sans aucun inconvénient.

Sécher le papier au charbon de la même manière que le papier albuminé, c'est-à-dire le suspendre par un coin, pourrait offrir quelque danger, en ce sens que le papier au charbon, ayant la couche gélatinée mouillée, devient collant, et que les coins qui pendent de |côté, se recourbant pendant le séchage, peuvent venir se coller à la couche gélatinée; une fois le papier sec, on ne pourrait plus détacher cette partie collée sans déchirer ou tout au moins blesser le papier. Il est donc nécessaire de faire en sorte que les bords qui tendent à s'enrouler en séchant, ne puissent pas toucher la couche mixtionnée. Spencer, Sawyer, Bird et Ce disent : « suspendez le papier à sécher, à cheval sur un bâton rond, » de façon à ce que la moitié de la longueur pende de chaque côté. Quant à nous, qui ne pratiquons la photographie qu'en amateur, sur une très-petite échelle, et qui ne dépassons pas le format $^1/_2$ plaque (13×18 centimètres), nous nous sommes fabriqué un petit ustensile pour y déposer nos quelques papiers à sécher; voici comment il est fait :

Nous prenons un carton d'une longueur d'environ 50 centimètres, sur une largeur d'environ 20 centimètres; nous recourbons ce carton tout du long dans le sens de la largeur, de manière à en former comme une gouttière ou un demi-cylindre, puis au moyen de bandes en gros carton ou de baguettes en bois qui retiennent de chaque côté les bords de cette gouttière, nous maintenons définitivement le carton dans cette forme; renversant alors cet instrument, le côté plat servant de base, nous employons la surface convexe, après y avoir adapté quelques feuilles de bon papier buvard, pour y poser nos papiers sensibilisés au sortir du bain, naturellement avec la surface mixtionnée au-dessus; le liquide en excès qui découle est absorbé sur les bords par le papier buvard, ce qui active le séchage. Après y avoir posé l'un à côté de l'autre nos papiers sensibilisés, à mesure qu'ils sortent du bain de Bichromate, nous mettons cet ustensile (quand le dernier papier y a été déposé) dans une grande boîte en carton, se fermant hermétiquement au moyen d'un bon couvercle à larges rebords, et, pour surcroit de précaution, après avoir déposé cette boîte dans notre cabinet obscur, nous enveloppons encore le couvercle d'un grand morceau d'étoffe, pour empêcher absolument qu'aucune trace de lumière ne puisse y pénétrer, quand le lendemain nous ouvrons la porte de notre laboratoire pour continuer les opérations.

Il est urgent que le papier sensibilisé ne soit pas mis à sécher à la clarté d'un bec de gaz, car cette lumière produit sur le papier au charbon sensible à peu près le même effet que la clarté du jour. Il faut aussi éviter la proximité de certaines fortes odeurs, telles que celles qui émanent d'une fosse d'aisance mal conditionnée, etc.

D'habitude nous sensibilisons le soir; nous laissons ensuite sécher notre papier dans le cabinet obscur à l'abri de toute lumière, comme il est dit plus haut, et nous l'employons le lendemain matin.

Pour ceux qui voudraient employer le papier sensibilisé plus promptement, nous croyons bien faire d'indiquer un moyen fort simple d'abréger le temps de la dessication : au sortir du bain sensibilisateur, on passe immédiatement le papier dans un bain d'alcool; le papier ne doit qu'y passer rapidement. L'alcool en-lèvera une partie de l'humidité, et en s'évaporant dans le séchage, fera également disparaître en peu de temps (2-3 heures) tout reste d'humidité : cette opé-ration ne nuira en rien à la sensibilité du papier. Le bain d'alcool peut servir fort longtemps à cet usage, pourvu qu'on le filtre de temps en temps, pour le tenir propre.

CHAPITRE V.

Exposition à la lumière du jour.

L'impression de l'image sur le papier au charbon se fait de la même manière qu'avec le papier albuminé, c'est-à-dire qu'on place les clichés dans les châssis à impression destinés à cet usage ; puis l'on applique contre le cliché le papier au charbon, la face mixtion-née sensible touchant l'image du cliché ; au-dessus du papier au charbon on met un papier buvard épais, ou un léger carton recouvert d'un morceau de drap, ou mieux encore une feuille de caoutchouc *non rentoilée* d'une épaisseur de 2 à 3 millimètres. Ensuite on ferme les châssis, de façon à faire bien serrer le couvercle pour que le papier au charbon soit complètement en contact avec son cliché.

L'exposition à la lumière se fait aussi comme avec le papier albuminé ; seulement….ici est le nœud Gordien : comme l'image reste invisible sur la surface du papier mixtionné, et que par conséquent il n'est pas possible d'apprécier au vu du papier, le temps nécessaire pour que l'image y soit transmise à point, on a dû recourir à un autre moyen de régler le temps de pose, notamment à l'emploi du *Photomètre*, qu'on place à côté des châssis lors de l'impression.

Il existe bien des photomètres divers, tous concourant sous leurs formes différentes, au même but, notamment à mesurer l'action de la lumière sur un papier sensible susceptible de se colorer plus ou moins, suivant qu'il a subi une plus ou moins longue action lumineuse.

Pour ne pas embrouiller le lecteur, nous nous bornerons dans ce chapitre à décrire le photomètre anglais dont nous avons l'habitude de nous servir. Nous croyons toutefois être agréable au lecteur en lui donnant aussi, dans un chapitre spécial à la fin de ce volume, la description de trois autres photomètres dont la réputation est établie, afin qu'il puisse se faire une idée des recherches qui ont été faites dans ce sens.

Voici la description du photomètre anglais :

Une boîte rectangulaire ABCDEG ayant environ 6 centimètres d'élévation sur 5 centimètres de large, a à son couvercle M une ouverture ronde d'environ 2 centimètres de diamètre, munie d'un verre ; sur ce verre est appliqué à l'intérieur un papier coloré en brun, d'une nuance telle qu'en produit le papier albuminé après une exposition à la lumière modérée du jour pendant une dizaine de minutes; cette nuance sert de *type*. Au milieu de ce papier-type est pratiquée une petite ouverture ayant environ 1 $\frac{1}{2}$ centimètre de long sur 2 millimètres environ de large; d'un autre côté dans la boîte même, à la place qui correspond à cette petite ouverture vide de la nuance-

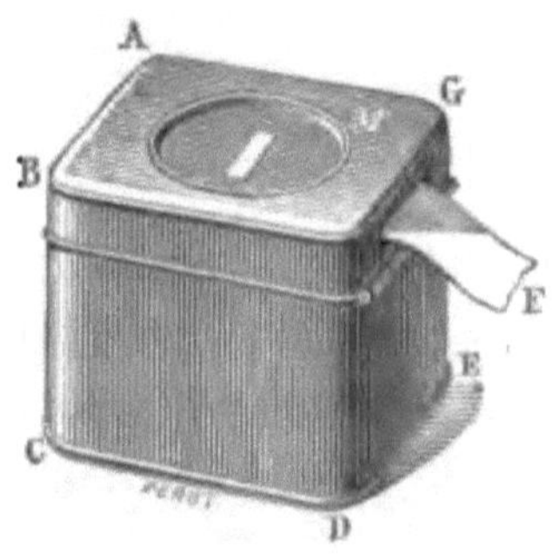

Photomètre anglais.

type, est un rehaussement bombé revêtu d'un morceau d'étoffe noire qui, la boîte étant fermée, vient s'adapter à-peu-près contre cette ouverture; enfin en face de cette ouverture, à l'un des bords de la boîte, est une fente d'environ 1 $\frac{1}{2}$ centimètre de long. Dans cette boîte dont les parois sont en noir mat, on met un petit rouleau de papier albuminé *sensible*, ayant une largeur d'un peu moins de 1 $\frac{1}{2}$ centimètre et une longueur indéterminée; l'extrémité F de cette bande de papier albuminé sort par la fente pratiquée à l'un des côtés de la boîte, et la partie du papier qui se trouve dans la boîte est pressée contre l'ouverture du type par suite du rehaussement qui y correspond.

On comprend que, le photomètre étant ainsi exposé au jour, le papier albuminé qui s'y trouve se colorera à l'endroit de l'ouverture du type, c'est-à-dire là où il est exposé à la lumière; quand cette teinte sera arrivée exactement à celle du papier type, on tirera un peu à l'extrémité de la bande qui sort par la fente, afin de faire avancer le papier albuminé, et de faire une 2ᵉ nuance ou teinte à côté de la première, puis une troisième, une quatrième, et ainsi de suite s'il en est besoin. Le photomètre étant exposé exactement au même instant que les châssis préparés, nous prenons d'ordinaire en été 3 nuances pour temps de pose d'un cliché de force moyenne; alors nous mettons ce châssis de côté, en le renversant dans un coin obscur; puis si nous avons exposé en même temps des clichés plus forts, nous continuons une 4ᵉ nuance pour le cliché qui suit en force, puis une 5ᵉ pour le cliché encore plus fort, et ainsi de suite; un cliché fort qui nécessiterait par exemple, 6 nuances, ne nous prendra, par une lumière très-modérée, qu'environ 1 heure, alors que ce même cliché avec le système au papier albuminé, et dans les mêmes conditions de clarté, nécessiterait une exposition *d'au moins* trois heures !

En prenant le bain de Bichromate à 4 %, et en y trempant le papier au charbon pendant 3 minutes, certes le temps de pose pour l'impression raccourcit encore de beaucoup; mais le lecteur a vu au chapitre III quelles sont les importantes raisons qui nous font repousser cette sensibilisation exagérée.

Le papier albuminé dont on se sert d'ordinaire dans le photomètre anglais, s'achète tout sensibilisé dans le commerce; il est sensibilisé au nitrate d'argent, mais il a subi une opération supplémentaire qui lui fait conserver sa sensibilité pendant 2 à 3 mois, et même davantage; seulement on comprendra que le *degré* de sensibilité diminue petit à petit, et que le blanc de ce papier s'altère de même.

L'amateur surtout, qui ira fort loin avec cette longue bandelette de papier, éprouvera bientôt par suite de ce défaut de sensibilité et de fraîcheur, des mécomptes sensibles dans le calcul du temps de pose. Quant à nous, ne voulant pas nous exposer à ces désagréments, nous ne nous servons pas de ces bandes sensibles préparées; mais chaque fois que nous préparons une série de tirages au charbon, après sensibilisation du papier mixtionné, nous sensibilisons aussi une petite bande de papier albuminé, de longueur suffisante pour donner le nombre de teintes nécessaires aux tirages que nous projetons, et d'une largeur d'un bon centimètre; nous pendons cette bandelette pendant 3 minutes dans une petite bouteille contenant du nitrate d'argent à 16 %, et la faisons ensuite sécher avec notre papier au charbon. Il est bien entendu que nous sensibilisons cette petite bande albuminée dans l'obscurité; comme le bain d'argent qui sert à cette fin ne doit être ni filtré, ni versé dans une cuvette, mais reste constamment dans la même petite bouteille (avec un peu de kaolin au fond, pour préserver le nitrate de toute altération) il n'y a rien de plus simple, ni de

plus expéditif que la sensibilisation de cette bandelette ; lorsqu'elle est sèche, on la met dans le photomètre pour s'en servir à imprimer les nuances, comme
il est dit plus haut.

Ceci évidemment remédie à cet affaiblissement de
sensibilité que présente nécessairement le papier préparé qui se vend dans le commerce ; notre petite bande
étant fraîchement sensibilisée à chaque série de tirages,
est parconséquent toujours sensible au même degré.

Mais, le *rapport* de sensibilité entre le papier au
charbon, et le papier à l'albumine, ne reste pas le même
par tous les temps et saisons ; ainsi en hiver, quoique
sensibilisé de la même façon, et dans un bain de même
force qu'en été, le papier au charbon est moins sensible, et on est obligé de majorer le temps de pose:
un cliché qui s'imprime, par exemple, en été par trois
nuances de photomètre, en exigera en hiver 4 à 5, si
l'on emploie un bain sensibilisateur de même force.
Mais un peu d'intelligence et d'habitude mettent bien
vite l'opérateur à même de surmonter ce petit obsta-
cle ; car naturellement cette diminution de sensibilité
dans le papier au charbon n'est pas subite, mais se
présente insensiblement dans la période entre l'été et
l'hiver, et vice-versa.

On peut du reste diminuer notablement cet écart
de sensibilité entre le papier mixtionné, et celui à
l'albumine, en renforçant petit à petit la richesse du
bain de Bichromate de potasse (chaque fois qu'on le
renouvelle), dans l'intervalle entre l'été et l'hiver, et
en diminuant par contre la richesse du bain dans le
passage de l'hiver à l'été. Ainsi, par exemple, en pre-

nant en plein été un bain sensibilisateur qui renferme *à peine* 2 °/₀ de Bichromate, on augmentera peu à peu cette dose à mesure de l'abaissement de la température, de façon à arriver en hiver à un bain à 4 °/₀ environ. Le contraire se fera au sortir de l'hiver : on diminuera insensiblement la force du bain, à mesure que la saison amène une température plus douce, de manière à revenir à la dose d'à peine 2 °/₀ en plein été.

Nous recommandons au lecteur d'inscrire dans le carnet où il aura mis la désignation de chaque cliché, (voir chapitre II) le nombre de nuances nécessaires pour le tirage de chaque cliché, et ce lorsqu'on est arrivé à une impression convenable ; on comprendra que pour être minutieux, on fera bien d'ajouter la date de ce premier tirage, afin de pouvoir agir avec plus de certitude quand plus tard on fait une nouvelle impression de ce même cliché. Ainsi, l'on inscrira par exemple dans le carnet en question :

N° 1. Portrait de M. X...., 3 nuances — 30 Août.
N° 2. Paysage . . . . . 5 nuances — 18 Sept.
N° 3. Retour au Manoir. 6 nuances — 30 Oct.

Il est bon pour éviter toute erreur, de reproduire le N° d'inscription sur le cliché même, dans un coin du papier qui sert d'encadrement.

Supposons maintenant qu'on ait à faire une reproduction du cliché n° 3, le 5 Août ; la température étant alors plus forte que lors du 1ʳ tirage, on ne prendra par exemple, au lieu de 6 nuances, qu'environ 5 nuances : l'expérience apprendra à calculer cette différence.

On nous objectera peut-être qu'à la reproduction de *chaque nouveau* cliché, le tâtonnement est nécessaire, et doit donner lieu à beaucoup d'épreuves manquées ; détrompez-vous, cher lecteur, il n'en est presque rien. Le tout premier cliché qu'on imprimera par le système au charbon peut évidemment vous donner un insuccès ; nous supposons que vous le fassiez par 3 nuances, mais que votre épreuve ressorte un peu trop faible ; naturellement vous recommencerez l'opération en prenant 1 *teinte de plus ;* nous supposons qu'alors l'épreuve soit à point. Vous annoterez ce cliché dans votre calepin comme nécessitant 4 nuances, et vous aurez une base, non-seulement pour l'impression ultérieure de ce même cliché, mais aussi pour comparer, pour apprécier la valeur photométrique des autres clichés ; en effet, il suffit de prendre alors le cliché déjà connu, d'une main, celui à apprécier de l'autre, et de les tenir au jour en regardant au travers de leurs parties les plus accentuées un même objet quelconque bien éclairé, se trouvant à quelque distance ; le cliché qui vous permettra de distinguer le plus clairement l'objet fixé, est naturellement le plus faible, et demande moins de teintes au photomètre. Un peu d'habitude et de discernement vous fera bien vite calculer ainsi presque toujours exactement la valeur photométrique d'un nouveau cliché. Si l'on a déjà plusieurs clichés connus, l'examen d'un *nouveau* cliché est encore plus facile en recherchant celui des clichés connus, dont la force s'approche le plus du nouveau.

Cela est tellement vrai que nous n'avons eu que bien rarement des mécomptes de ce côté; certes il peut arriver qu'on soit induit en erreur sur la force d'un cliché voilé, ou bien d'un autre cliché, par suite de la nuance des tons; ainsi un cliché développé à l'acide pyrogallique aura les tons plus noirs que celui qui est développé au sulfate de fer, sans pour cela être précisément plus fort : ce n'est donc pas la nuance du cliché dont il faut tenir compte dans cette appréciation, mais bien l'opacité plus ou moins forte de ses parties vigoureuses, quelle que soit la teinte de celles-ci.

L'impression d'un cliché par le système au charbon ne peut point se faire en plein éclat du soleil, surtout en été; car les rayons solaires, par leur chaleur, ramolliraient la couche mixtionnée du papier au charbon, qui se collerait par là résolument au cliché; vous devinerez aisément le résultat, cher lecteur, notamment la perte irrévocable du cliché, car en voulant ensuite enlever le papier au charbon, celui-ci ne lâchera pas prise, mais tirera avec lui la mince couche de collodion qui renferme l'image.

En hiver évitez également l'éclat du plein soleil, car si le papier ne colle pas au cliché, vous risquerez au moins que les parties blanches de l'épreuve soient attaquées et abîmées. Cependant, il peut se faire *exceptionnellement* que vous ayez un cliché d'une force telle qu'une exposition démesurée dans la clarté modérée, par exemple de 10 nuances, ne suffise pas encore pour faire arriver les petits détails de l'image; cela nous est arrivé une fois, et ce cliché imprimé alors (en hiver bien entendu) dans l'éclat plein du soleil, nous a fourni un bon résultat ; mais dans ce cas il est urgent que l'encadrement opaque qui entoure l'image, soit aussi renforcé, par exemple par l'application d'un 2e encadrement, couvrant exactement le premier. Ce n'est donc absolument qu'en cas de force majeure qu'on peut recourir à ce moyen extrême, et bien entendu, seulement en hiver.

CHAPITRE VI.

Mise en contact du papier au charbon impressionné, avec le papier de transfert simple.

On dispose dans le cabinet obscur 2 cuvettes qu'on remplit à une hauteur de 1 à 2 centimètres (suivant la grandeur du format qu'on a tiré) d'eau de pompe froide très-propre ; la porte du laboratoire étant fermée, et la place éclairée par le verre jaune, ou par une lampe ou une bougie, on ouvre les châssis pour en retirer les épreuves au charbon, où jusqu'ici aucune image n'est visible. Dans l'une des cuvettes on plonge un verre propre (tel qu'on en emploie pour former un cliché) d'une dimension un peu plus grande que celle des épreuves dont on va s'occuper ; au dessus de ce verre, on immerge un des papiers de simple transfert déjà découpés, l'endroit au-dessus, et après avoir nettoyé un peu le pinceau-blaireau, on passe celui-ci en tous sens sur la surface du transfert pour en chasser les bulles d'air; puis on laisse séjourner ce papier pendant au moins 3 minutes dans l'eau, en ayant soin que la surface entière reste toujours bien immergée : c'est pourquoi, plus le format du papier est grand, plus il faudra d'élévation pour l'eau dans la cuvette, parce qu'alors le papier aura plus de tendance à présenter son milieu ou ses bords à la surface de l'eau. Nous obvions à ce danger, en retournant (après le badigeonnage au blaireau) le papier la face en dessous, mais doucement et prudemment pour ne pas produire des bulles d'air; seulement dans ce cas, on ne peut point oublier, après les 3 minutes d'immersion, de retourner de rechef le papier l'endroit au-dessus.

Dans la 2ᵉ cuvette remplie d'eau froide, on immerge l'épreuve au charbon la face noire au-dessus; on passe également le blaireau soigneusement en tous sens à sa surface ; de même qu'à la sensibilisation, les bords se recourberont, et l'on aura bien soin de badigeonner surtout sur les bords pour les tenir humectés autant que le milieu. Dès que le papier mixtionné commence à s'aplatir, on le retire pour le mettre en contact dans l'autre cuvette, avec le papier de transfert, la face noire étant mise contre l'endroit du transfert; puis, les deux papiers se trouvant ainsi mis face à face sous l'eau, on retire le tout sur le verre qui se trouvait au fond de la cuvette : ce verre ne sert, le lecteur l'aura sans doute compris, qu'à tenir les papiers bien plats lorsqu'on les retire.

On met alors le verre muni de ses deux papiers à côté de la cuvette; au-dessus des papiers on place un bon buvard, et au-dessus de celui-ci un papier glacé souple, ou bien une toile caoutchoutée, puis avec une raclette, c'est-à-dire une règle plate munie à l'un des côtés d'une bande de caoutchouc AB, on racle sur ce papier glacé ou sur la toile caoutchoutée en tenant bien au moyen des doigts les papiers en place pendant cette opération. Le raclage doit se faire en passant d'abord doucement, puis avec plus de force,

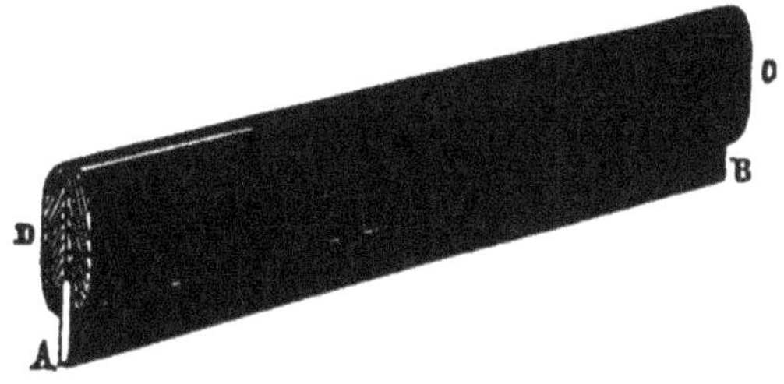

Raclette.

la bande de caoutchouc du milieu vers les bords; cette opération a pour but: 1° de faire bien adhérer le papier mixtionné au papier de transfert; 2° d'exprimer l'excès d'humidité des papiers. Nous mettons un papier glacé au-dessus du buvard, parce que celui-ci lorsqu'il est mis en contact avec les épreuves qui sortent de l'eau, s'imbibe évidemment, et ne manquerait pas de se déchirer si l'on promenait la raclette sur son dos mouillé, tandis qu'en le couvrant d'un mince papier glacé ou d'un tissu caoutchouté, la raclette manœuvre sur celui-ci sans aucun danger. Le raclage fini, on met le verre avec ses deux papiers collés à une autre place propre; puis l'on fait la même opération avec une 2ᵉ épreuve, une 3ᵉ et ainsi de suite, en plaçant (chaque opération étant terminée) le verre avec ses deux papiers sur ceux achevés précédemment, toutefois en séparant chaque groupe de l'autre par un buvard frais.

Pour gagner du temps, on peut aussi prendre un verre de grande dimension, y mettre *l'un à coté de l'autre*, à mesure de leur accouplement, les groupes de papiers mixtionnés avec leurs transferts; puis, quand tous les papiers s'y trouvent, les couvrir d'un buvard et d'une toile caoutchoutée, et racler en une fois toutes ces épreuves.

CHAPITRE VII.

Développement de l'Image.

Quand les papiers accouplés, comme il est dit dans le chapitre précédent, ont reposé ainsi de 15 à 30 minutes, on peut les développer : cette opération peut se faire à la clarté modérée du jour, le papier au charbon étant mouillé et par conséquent insensible à la lumière.

Le développement est une opération très-simple, mais qui demande un peu de délicatesse dans le maniement; voici comment on procède.

Dans une cuvette on verse de l'eau de pompe propre et chaude à environ 50 degrés ; on y plonge l'un des verres supportant ses deux papiers collés, et l'on remue légèrement la cuvette pour faire pénétrer plus aisément l'eau chaude dans les papiers, et dans la mixtion qui les unit; au bout de quelque temps la couleur noire découle des bords, et un peu plus tard les coins se disjoignent; à ce moment on saisit délicatement l'un des coins détachés du papier au charbon (qui se trouve au-dessus), et tout en continuant à remuer la cuvette de l'autre main pour que l'eau chaude pénétrant dans la couche mixtionnée aide à détacher les deux papiers l'un de l'autre, on tire légèrement, mais avec résolution, au coin qu'on a saisi; on parviendra ainsi à enlever tout le papier au charbon, qui abandonnera la plus grande partie de sa couche mixtionnée au papier de transfert resté dans l'eau. Le papier au charbon détaché n'ayant alors plus aucune utilité, on le jette, et on continue à développer le papier de transfert, et à faire apparaître sur celui-ci l'image qui se trouve dans la couche mixtionnée.

A cette fin, on retire souvent le papier de transfert de l'eau en le tenant délicatement par un coin, et en laissant découler l'eau par le coin opposé. Cette eau qui découle sera d'abord fort noire, et petit à petit l'image deviendra visible, mais encore fort empâtée; on continuera à développer de la même façon jusqu'à ce que l'eau qui découle de l'épreuve en la retirant de la cuvette, soit absolument claire : alors l'image peut être considérée comme entièrement développée. Il est entendu qu'on aura soin de maintenir pendant toute l'opération la température de l'eau à environ 50 degrés; à cet effet, quand l'eau se refroidit, on en verse une partie, et on remplace cette quantité par de l'eau chaude qu'on tient toujours prête à cette fin ; il sera facile en plongeant le bout du doigt dans la cuvette, d'apprécier si l'eau est ramenée à la température voulue. En versant l'eau plus chaude auprès de l'eau qui se trouve dans la cuvette, il sera nécessaire d'en ôter pour quelques instants l'épreuve, afin d'empêcher que ce courant momentané d'eau trop chaude ne fasse du dégât à l'épreuve ; une fois l'eau bien mélangée par un léger balancement imprimé à la cuvette, tout danger disparaît et l'on y remet l'épreuve à développer.

Si l'on a appliqué plusieurs épreuves sur le même verre, comme nous l'avons dit dans le chapitre précédent, on peut les développer toutes à la fois, pourvu qu'on prenne une cuvette suffisamment grande ; nous ne sommes toutefois pas grand partisan d'un développement multiple dans la même cuvette, par la crainte que les papiers flottant l'un parmi l'autre n'occasionnent du dégât à l'une ou l'autre de ces images qui sont encore bien fragiles. Nous développons plusieurs épreuves à la fois, mais en prenant une petite cuvette séparée pour chaque épreuve.

L'épreuve étant développée, on la retire de l'eau sur son verre, et on la promène sous le filet d'eau très-mince d'une fontaine, pour la débarrasser des brins de poussière qui pourraient s'y trouver ; si le jet d'eau était trop fort, il crèverait la couche mixtionnée, qui, lorsqu'elle est mouillée, est on ne peut plus fragile. Pour que le filet d'eau n'offre aucun danger, il faut qu'il n'ait pas une largeur de plus d'un millimètre, et qu'on ne le laisse pas arriver trop longtemps à la même place de l'épreuve. On emploie aussi avec avantage des filets d'eau multiples, c'est-à-dire qu'à l'embouchure de la fontaine on adapte une espèce de tête d'arrosoir percée de plusieurs petits trous, de sorte qu'en ouvrant le robinet, on asperge l'épreuve qu'on tient en dessous par plusieurs minces filets d'eau à la fois; ce lavage ne doit pas se prolonger trop longtemps. On met ensuite l'épreuve dans un bain composé d'eau de pluie bouillie et refroidie, où l'on a dissous de l'alun blanc, à raison d'environ 2 grammes d'alun pour 100 centimètres cubes d'eau. Après un séjour de 15 à 30 minutes dans ce bain, on retire l'épreuve, pour la promener encore une fois sous le jet d'eau de la fontaine.

Il peut se faire qu'après toutes ces opérations il reste sur l'épreuve encore quelque grain de poussière; nous réussissons parfaitement à l'enlever de la manière suivante : nous prenons notre pinceau-blaireau, et après l'avoir lavé un peu, nous en exprimons le liquide, et formons le poil en pointe; en effleurant de cette pointe du blaireau le grain de poussière en question, nous l'amenons au bord du papier, donc hors de l'image.

Il ne reste plus maintenant qu'à laisser sécher l'épreuve d'une façon naturelle, c'est-à-dire sans l'exposer à une chaleur factice et exagérée, qui pourrait encore faire crever la couche mixtionnée de l'image; dès que l'épreuve est sèche, elle offre toute la dureté et la solidité désirables, et il n'y a plus qu'à la coller sur du papier bristol.

Evidemment, si l'image est trop faible ou trop foncée, c'est que le temps de pose à l'impression a été trop court ou trop long.

———

Voici les principaux déboires qu'on peut rencontrer :

1° Des bulles d'air peuvent être restées sur l'épreuve, soit parce qu'on n'a pas passé le blaireau suffisamment en tous sens sur le papier au charbon pendant la sensibilisation ou lors du collage des deux papiers ; ou bien parce qu'on a commis la même négligence pour le papier de transfert lors de son immersion dans l'eau froide ; ou bien encore parce qu'on n'a pas laissé ce papier de transfert assez longtemps dans l'eau, ou qu'on n'a pas tenu soigneusement sa surface sous le niveau de l'eau, pendant qu'il y séjournait.

S'il n'y a qu'une ou deux petites bulles d'air à des endroits peu apparents, on peut avec la pointe d'une épingle les percer légèrement avant le séchage de façon à les aplatir et à les rendre moins visibles ; mais. si les cloches sont grandes et nombreuses, il n'y a pas de remède sérieux, si ce n'est de recommencer.... DA CAPO !

2° Pendant le développement, les bords de la couche mixtionnée peuvent se soulever, se replier, se déchirer, et..... dans ce cas-là ne continuons pas nos peines, cher lecteur ; ce serait travailler pour le roi de Prusse, ou pour prouver qu'on a *trop* de courage dans le malheur ! — Cependant si ce n'était qu'un

tout petit coté qui se soulève, on peut encore parfois, à force d'attention et de délicatesse dans le maniement, mener son épreuve à bonne fin, mais si l'on
voit que le soulèvement augmente, c'est de la peine
perdue.... DA CAPO !

D'où nous vient ce contretemps ? De ce que les
bords du papier au charbon n'ont pas été suffisamment
préservés contre l'action de la lumière pendant l'impression; ou bien qu'avant le collage les *bords* du papier
au charbon ou du papier de transfert n'ont pas été im-
mergés régulièrement dans l'eau; ou bien encore
qu'en raclant après le collage des deux papiers, on
n'a pas étendu le raclage jusqu'aux bords, et que par-
suite un excès d'eau est resté sur ces bords et en
a empêché l'adhérence. C'est pourquoi nous ne pouvons assez recommander. :

A. — De coller sur les clichés autour de l'image un
encadrement bien opaque, et de couper le papier au
charbon de grandeur suffisante pour que ses bords
pendant l'impression reposent partout de 1/3 à 1 centimètre sur l'encadrement (suivant la dimension de
l'image), sans dépasser celui-ci. Car le papier au
charbon sensible, là où il est affecté par la lumière
du jour, n'a pas une force adhérente suffisante, pour
résister à un bain d'eau chaude, tel qu'on l'emploie
pour le développement; il faut donc que les bords, non
affectés par la clarté du jour, maintiennent tout à
l'entour l'image bien en place.

B. — De bien passer constamment le blaireau sur
les bords des papiers, pendant qu'ils se recourbent
dans les bains, afin que ces bords, tant du papier au

charbon que du papier de transfert, soient aussi bien trempés que le milieu.

C. — D'avoir soin de bien racler les bords, et d'employer lors de l'accouplement (Chapitre VI), du papier buvard qui partout dépasse les bords, et qui soit de bonne qualité, c'est-à-dire non collé, pour que l'excès de liquide soit bien absorbé par le buvard, surtout sur les bords, où l'humidité afflue par l'action du raclage. Mettez beaucoup de soin dans le choix du papier buvard, car on envend beaucoup de mauvaise qualité : celui-ci se reconnaît surtout à la nuance trop foncée. Le papier buvard qui a servi trop souvent à cet usage, et qui est devenu plus ou moins dur par le séchage, n'absorbe plus suffisamment, et doit être rejeté pour cette opération ; il peut encore servir à séparer les différentes épreuves accouplées, quand on les pose l'une sur l'autre après le raclage.

———

Ici finit l'opération de l'impression « au charbon » par *transfert simple;* l'image qu'on a obtenue est mate, et renversée, c'est-à-dire que ce qui au modèle était par exemple à droite, se trouve maintenant à gauche, et vice-versa ; ceci du reste dans la plupart des cas, n'offre aucun inconvénient.

Cependant si l'on juge nécessaire d'avoir une image non renversée, on devra recourir à la méthode du transfert double.

———

CHAPITRE VIII.

Récapitulation.

Maintenant que nous avons examiné en détail chaque phase du procédé au transfert simple, faisons la récapitulation sommaire de ces opérations, pour nous former une idée nette et claire de la marche à suivre :

A. — Encadrer les images sur les clichés, et couper le papier au charbon de façon à ce que ses bords puissent reposer partout sur cet encadrement, sans le dépasser.

B. — Sensibiliser le papier au charbon dans un bain à 2 °/₀ de Bichromate de potasse (en été), en y immergeant le papier pendant 50 à 60 secondes.

C. — Sécher le papier sensibilisé dans l'obscurité.

D. — Faire l'impression des clichés sur le papier au charbon, en réglant le temps de pose au moyen d'un photomètre.

E. — Couper du papier de transfert simple, un peu plus grand que l'épreuve mixtionnée à laquelle il correspond ; retirer l'épreuve du châssis à reproduction ; coller le papier mixtionné sur le papier de transfert, sous l'eau froide ; puis retirer les deux papiers ensemble, et les racler soigneusement.

F. — Développer les papiers accouplés, en les immergeant dans l'eau chaude à environ 50 degrés.

G. — Après entier développement, laver l'épreuve sous un filet d'eau froide, puis la mettre pendant 15 à 30 minutes dans un bain d'Alun blanc à 2°/₀ ; la laver encore au sortir de ce bain, et la sécher finalement sans la soumettre à une chaleur exagérée.

TRANSFERT DOUBLE.

CHAPITRE IX.

Observations préliminaires.

Pour ce procédé les premières opérations sont absolument les mêmes que pour le transfert simple, soit jusques et y compris le chapitre V, c'est-à-dire jusqu'après l'impression de l'image dans le châssis.

Au sortir du châssis, on ne colle pas l'épreuve sur le papier de transfert, mais bien sur un *Support*, qui n'est qu'un intermédiaire provisoire, lequel à son tour abandonnera plus tard l'image au papier définitif.

On comprendra que le cliché offrant une image renversée ou retournée, le papier au charbon qui a été en contact direct avec lui, aura reçu cette image (invisible) redressée; comme à son tour il la transmet, *par simple transfert*, au papier définitif, celui-ci la recevra de nouveau renversée. Le *Support* aussi, prenant la place (dans le transfert double) du papier définitif, recevra donc l'image renversée; mais ne recevant celle-ci que provisoirement, le support la era passer redressée sur le papier définitif.

CHAPITRE X.

Mise en contact de l'épreuve au charbon avec le support.

Le support, disions-nous dans le chapitre précédent, n'est qu'un agent intermédiaire, afin de permettre à l'opérateur de redresser l'image, comme elle l'était au modèle. Le support employé *d'ordinaire*, est une glace ou un verre bien uni, d'une dimension un peu plus grande que l'épreuve qu'on veut y adapter ; cette glace est bien nettoyée à l'alcool et au tripoli, comme on le ferait si on la destinait à la formation d'un cliché, de manière à ce que tout atome de poussière ou de matière grasse ou humide en soit chassé. D'un autre côté on fait un vernis composé comme suit :

100 cent. cubes de Benzine ou Naphte rectifiée
2 ½ grammes Gomme Dammar (ou Stéarine).

Ce vernis, au préalable bien filtré, est versé lentement sur la glace nettoyée, tout-à-fait de la même manière qu'on verse le collodion pour former un cliché. La glace étant ainsi vernie d'un côté, on la met à l'abri de la poussière pendant au moins 15 minutes ; on peut même faire l'opération du vernissage la veille, mais en ayant bien soin de garantir la glace préparée contre la poussière.

Ensuite, ayant préparé dans le cabinet obscur deux cuvettes à eau froide, on met dans l'une la glace vernie, le vernis en haut ; dans l'autre on plonge l'épreuve au charbon retirée du châssis d'impression, on passe sur la surface mixtionnée de l'épreuve, le pinceau-blaireau en tous sens, pour dégager les bulles d'air ; dès que le papier au charbon commence à s'aplatir, on le retire pour le mettre tout de suite dans l'autre cuvette où se trouve la glace vernie, en contact avec cette glace, la surface mixtionnée touchant le vernis. On enlève alors ensemble la glace accouplée au papier au charbon, on les met à côté de la cuvette, on couvre le dos du papier mixtionné, d'un bon papier buvard, au dessus de celui-ci on met un papier glacé mince ou un tissu caoutchouté, et on racle comme il est dit au chapitre VI, pour faire bien adhérer le papier à la glace, et exprimer l'excès d'eau qui s'y trouve. On fait la même opération avec une 2ᵉ glace vernie et une 2ᵉ épreuve au charbon, qu'on pose après raclage, au-dessus de la première en les séparant par un papier buvard ; une 3ᵉ et une 4ᵉ glace avec leurs épreuves suivent de même, et ainsi de suite. Alors on laisse reposer ces glaces et épreuves pendant 15 à 30 minutes, puis on passe au développement.

Le lecteur aura sans doute remarqué que le collage du papier mixtionné à la glace vernie, se fait absolument de la même manière que le collage du papier mixtionné au transfert simple (chapitre VI) ; la seule différence ici est la substitution du support (glace vernie) au papier de transfert; il est inutile aussi de promener le blaireau sur le vernis de la glace.

Nous rappelons aussi au lecteur que le papier au charbon, n'étant pas toujours mouillé dans cette opération, notamment lors de sa sortie du châssis d'impression, il faudra faire le travail décrit dans ce chapitre, à l'abri de la lumière du jour.

CHAPITRE XI.

Développement.

Le développement se fait de la même manière que pour le transfert simple (chapitre VII) et à la lumière modérée du jour.

Dans une cuvette remplie d'eau chaude à environ 50 degrés, on plonge la glace couverte de son papier au charbon; au bout de quelques minutes, la couleur noire commence à découler des bords; on agite un peu la cuvette pour activer le développement, et bientôt l'un ou l'autre coin du papier mixtionné se soulève un peu; on tire alors doucement à ce coin, et continuant à agiter l'eau de la cuvette en tous sens, on parvient à détacher délicatement tout le papier au charbon, qu'on peut ensuite jeter. L'image se trouve maintenant sur la glace, mais encore fort empâtée; on continuera donc à faire le développement en levant et abaissant souvent la glace dans l'eau, et en la retirant de temps en temps pour laisser découler l'eau par un coin; quand cette eau qui découle est parfaitement claire, on peut considérer le développement comme terminé. Comme nous l'avons expliqué au chapitre VII, il est nécessaire de maintenir toujours l'eau à la température de 45 à 50 degrés, pendant toute la durée de cette opération.

La glace étant retirée de la cuvette, on la met sur une feuille de papier blanc, afin de vérifier ainsi, si l'image est convenablement réussie, c'est-à-dire si elle n'est ni trop pâle ni trop foncée; car en cas d'insuccès, il serait superflu de soumettre encore cette image aux opérations suivantes : ce serait évidemment gaspiller son temps et son papier.

Les marchands de produits et d'appareils photographiques vendent actuellement des glaces opales qui facilitent singulièrement l'appréciation des qualités d'une épreuve, précisément à cause de leur surface blanche.

Si l'image est convenable, on la lave sous un mince filet d'eau, puis on met cette glace pendant 15 minutes environ dans le bain d'alun à environ 2 °/₀, et on la lave ensuite une dernière fois sous le filet d'eau. S'il reste encore quelque brin de poussière sur l'image, on peut aussi l'enlever prudemment avec la pointe du blaireau (voyez chapitre VII).

Enfin on laisse sécher la glace sans avoir recours à une chaleur exagérée, et en ayant soin de bien préserver la couche mixtionnée contre la poussière, ce qui se fait facilement en posant la glace contre le mur, l'image tournée vers celui-ci. Ce séchage s'opère très-lentement ; mais si l'on passe rapidement la glace, après le dernier lavage, dans un bain *d'eau* et *d'alcool* en *parties égales*, la dessiccation de l'image sera beaucoup plus rapide.

Les mêmes contretemps peuvent se présenter lors de ce développement, comme lors du transfert simple (chapitre VII) ; et comme ils auraient les mêmes causes dans les deux systèmes, nous n'avons plus besoin d'y revenir.

CHAPITRE XII.

Transport de l'image, du support au papier de transfert double.

Cette opération peut se faire à la lumière du jour, l'image étant maintenant définitivement formée et insolubilisée par les dernières opérations.

On prépare deux cuvettes, l'une avec de l'eau de pompe froide et bien propre, l'autre avec de l'eau chaude à environ 40 à 50 degrés; dans cette dernière on immerge le papier de double transfert, la face préparée au-dessus, et l'on passe sur cette surface en tous sens le pinceau-blaireau, pour en chasser les bulles d'air. Quand le papier, bien immergé partout, a séjourné environ 3 minutes dans cette eau, on prendra la glace portant l'image (bien sèche) pour la plonger, l'image au-dessus, dans la cuvette d'eau froide, mais sans employer ici le blaireau ; on remuera seulement un peu la cuvette en tous sens pour que l'eau coule bien régulièrement sur toute l'étendue de la glace, sans former de bulles d'air. Alors enlevant du bain d'eau chaude le papier de transfert double, on le met dans la cuvette à l'eau froide, de manière à amener sous l'eau le contact de ce papier face à face avec l'image. Retirant alors le tout ensemble, on met la glace supportant son papier de transfert double, à côté de la cuvette; on couvre le papier d'un bon buvard, et d'un papier glacé mince ou d'un tissu caoutchouté, et on racle sur celui-ci comme il est dit aux chapitres VI et X. Le raclage étant soigneusement terminé, on ôte le buvard et le papier glacé, et on met la glace à sécher avec son papier de transfert, en les posant sur un bord contre le mur, et en évitant toute chaleur exagérée.

Après séchage *complet*, il sera facile de détacher le papier de la glace, en introduisant la pointe d'un canif sous les bords du papier, puis en tirant prudemment, mais sans arrêt, le papier par ce coin. L'image se trouvera maintenant définitivement sur ce papier de transfert, non pas renversée et mate, comme dans le transfert simple, mais redressée et avec un fort luisant, causé par la gomme Dammar, qui a aussi abandonné la glace (support) avec l'image. Toutefois, chose singulière, en collant ensuite cette épreuve sur bristol, le luisant disparaît presqu'entièrement.

On peut conserver à peu près tout le luisant, en procédant de la manière suivante : quelques minutes après avoir accouplé le papier de transfert double à la glace qui porte l'image, on applique sur le dos du papier de transfert, au moyen de colle à l'amidon ou à la farine, successivement 3 ou 4 feuilles de papier blanc (dépassant un peu partout les bords de la glace), de manière à former carton en séchant. Après séchage complet, l'image tombera presque d'elle-même de la glace, et aura conservé à peu près tout son brillant.

CHAPITRE XIII.

Récapitulation.

De même que pour le transfert simple, nous croyons fort utile de faire une récapitulation sommaire de *toutes* les opérations qu'on a à parcourir dans la méthode du transfert double, afin qu'il ne reste aucune confusion, aucun doute, dans l'esprit du lecteur.

A. — Encadrer les images sur les clichés, et couper le papier au charbon de façon à ce que ses bords puissent reposer partout sur cet encadrement, sans le dépasser.

B. — Sensibiliser le papier au charbon dans un bain à environ 2 °/₀ de Bichromate de potasse (en été), en y immergeant le papier pendant environ 1 minute.

C. — Sécher le papier sensibilisé, dans l'obscurité.

D. — Faire l'impression des clichés sur le papier au charbon, en réglant le temps de pose au moyen du photomètre.

E. — Vernir une glace ou un verre bien nettoyé, au moyen d'une solution de gomme Dammar à environ 2 ¹/₂ pour 100 ; puis y appliquer sous l'eau froide l'épreuve au charbon retirée du châssis d'impression ; bien racler comme d'habitude.

F. — Développer la glace accouplée à son papier mixtionné, dans l'eau chaude à 50 degrés.

G. — Après entier développement, laver l'image sous un mince filet d'eau, la passer ensuite dans le bain d'Alun, puis la laver une dernière fois, et la faire enfin sécher.

H. — Si l'image est convenable, y appliquer sous l'eau froide le papier de transfert double, après avoir immergé celui-ci dans l'eau chaude pendant environ 3 minutes.

I. — Après séchage complet, détacher le papier de transfert double de la glace.

RENSEIGNEMENTS SUPPLÉMENTAIRES.

CHAPITRE XIV.

Vernissage de l'épreuve.

Quelques-uns de nos lecteurs préféreront peut-être avoir les images, tant par transfert simple que par transfert double, munies d'un certain luisant, comme le sont les épreuves au papier albuminé.

Pour notre part, nous avouons en toute sincérité que nous sommes peu partisan d'images à luisant ; nous préférons les voir *mates*, mais bien soigneusement achevées avec des blancs clairs, des tons vigoureux et des détails finement et nettement marqués ; nous n'aimons pas l'apparat, le clinquant, qui bien souvent ne sert qu'à cacher des imperfections. D'un autre côté, nous ne voyons point pourquoi le système au charbon doit singer le système au papier albuminé par l'apparence finale ; à ce compte-là ne devrait-on pas aussi rebuter les belles gravures, parce qu'elles ne ressemblent pas aux épreuves photographiques sur papier albuminé ?......

« Enfin, quoiqu'il en soit, » nous réplique soudain notre charmant lecteur, « les goûts ne se disputent « pas et vous n'avez pas le droit de nous imposer les « vôtres. — Oh ! mais.... ne vous emportez pas.....

« si vous préférez le luisant, cher lecteur, alors c'est
« différent ! Il fallait le dire au moins ! Rien n'est
« plus facile que de vous satisfaire. »

Calmez-vous. Prenez un petit bain.... non, je me
trompe, *faites* un petit bain composé de :

**100ᶜᶜ de Benzine ou Naphte rectifiée
10 grammes gomme Dammar.**

Quand la gomme est bien dissoute, ce qui prend un
certain temps, filtrez ce bain, et au moyen d'un petit
pinceau en martre, mettez-en un léger enduit sur
l'épreuve, après que celle-ci sera collée sur bristol.

Plusieurs autres moyens plus compliqués, sont
encore préconisés par les auteurs pour obtenir le
luisant ; au chapitre suivant, nous en détaillerons un.

CHAPITRE XV.

Support flexible.

Le lecteur se rappellera qu'au chapitre X, nous
avons dit que *d'ordinaire* on emploie comme support
une glace ou un verre bien uni. Ce support s'emploie
presque toujours, quand il s'agit d'obtenir les images
définitives sur papier ; mais s'il était question d'amener
finalement l'image par transfert double sur une plaque raide, telle que porcelaine, cristal, bois, métal,

ivoire, etc., on comprendra qu'une glace ne pourra plus servir de support, puisqu'il n'est pas possible d'appliquer d'une manière parfaite l'une sur l'autre deux surfaces de corps durs.

Il est donc nécessaire, quand on choisit une plaque dure pour dernière application de l'image, d'avoir recours à un support *flexible*, tel que celui de Sawyer par exemple, qu'on vend chez M^{rs} De Bonnier et Cie, à Bruxelles. Pour se servir de celui-ci en remplacement de la glace, on le coupe d'abord à la dimension voulue, puis on fait une solution composée de:

1/2 litre essence de Térébenthine
30 grammes de Résine
8 » Cire vierge.

Ce mélange étant bien dissous, on en imbibe un morceau de drap, au moyen duquel on frotte le support flexible, puis on essuie celui-ci avec un autre morceau de drap sec. On emploie ce support flexible comme la glace gommée, c'est-à-dire qu'on y applique sous l'eau le papier au charbon, dès que celui-ci, au sortir du châssis d'impression, a été passé dans une cuvette à eau froide, et bien badigeonné au moyen du blaireau pour chasser les bulles d'air ; puis on fait le développement, le lavage, l'alunage et le séchage comme d'habitude. Mais, avant le dernier transport de l'image sur une plaque dure, on versera sur celle-ci après l'avoir soigneusement nettoyée, la solution de gomme Dammar à environ $2\,^1/_2$ pour 100.

Le lecteur comprendra que la plaque sur laquelle on veut finalement amener l'image, doit avoir une surface blanche, ou tout au moins très-pâle, pour que l'image y soit visible, attendu que la nuance de cette plaque doit former *le fond* de l'image; en outre la surface de cette plaque doit être polie et plane.

Le support flexible de Sawyer peut servir plus d'une fois; quand on veut l'employer de nouveau, on frotte chaque fois sa surface préparée, au moyen de la solution de résine et de cire vierge, déjà citée.

Enfin si l'on emploie ce support flexible pour amener définitivement l'image sur du papier de transfert double, celui-ci étant déjà préparé dans sa texture ne doit plus être gommé comme les plaques; mais comme il est dit au chapitre XII, on le trempera dans l'eau chaude à 50 degrés pendant environ 3 minutes, avant d'y appliquer (sous l'eau froide) l'image du support.

Les épreuves définitives obtenues par l'intermédiaire du support flexible de Sawyer, ont, paraît-il, un beau brillant. Toutefois il n'est pas nécessaire d'acheter des supports flexibles de fabrication spéciale; on peut les confectionner soi-même très-facilement. A cette fin, on fait un mélange de :

> **30 centim. cubes de Benzine rectifiée**
> **3 grammes Gomme Dammar**
> **1 gramme Résine**
> **1 ¹/₂ grammes Cire vierge.**

Ce mélange étant bien dissous, on en imbibe un morceau de flanelle bien propre, au moyen duquel on frotte sur la surface préparée d'un papier de *simple transfert*; puis on polit cette surface ainsi imprégnée du mélange, en la frottant avec un autre morceau de flanelle sèche. Le papier acquiert ainsi un certain poli, d'autant plus brillant qu'on a pris plus de vernis.

Ce support flexible peut servir plusieurs fois, mais avant de l'employer de nouveau, on le laisse bien sécher ; puis on le frotte au moyen d'un tampon de flanelle, imbibé d'un peu de la solution suivante :

100ᶜᶜ de Benzine rectifiée
2 grammes Gomme Dammar
1 gramme Résine
1 ¹/₂ grammes Cire vierge.

On remarquera que cette dernière formule ne diffère de la précédente que pour la Benzine, dont on met 100ᶜᶜ au lieu de 20ᶜᶜ, la solution pour un 2ᵉ et 3ᵉ emploi, etc. ne devant plus être aussi concentrée que pour la première préparation de ce support.

On peut aussi mettre directement les images, par *transfert simple* (donc renversées) sur des plaques dures ; à cette fin, on versera sur celles-ci, après les avoir bien nettoyées, la solution de gomme Dammar à 2¹/₂ pour 100; ensuite on y appliquera sous l'eau froide le papier au charbon à sa sortie du châssis d'impression, après avoir passé d'abord ce dernier papier comme d'habitude dans une autre cuvette à eau froide, et l'avoir bien tadigeonné au moyen du blaireau, pour chasser les bulles d'air. La couche mixtionnée étant mise en contact avec le côté verni de la plaque, on fait le raclage comme d'habitude ; puis, après 15 à

30 minutes d'intervalle, on fait, comme toujours, le développement à l'eau chaude, l'alunage, le lavage, et le séchage de la plaque.

CHAPITRE XVI.

Photomètres.

Fidèle à la promesse que nous fîmes au lecteur, au chapitre IV, lors de la description du photomètre anglais, nous venons ici l'entretenir de trois autres photomètres bien réputés, notamment ceux du D^r D.

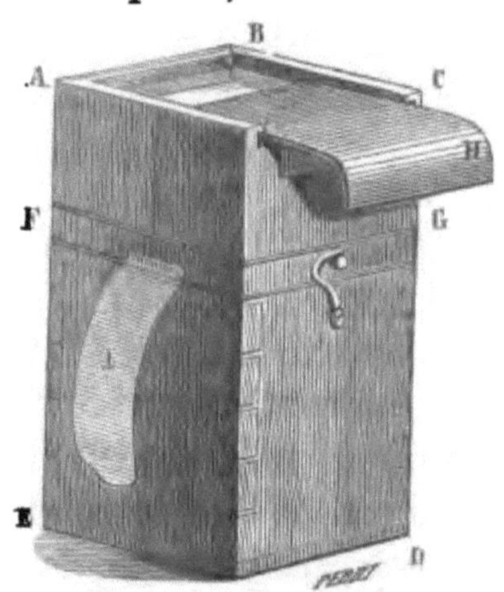

Photomètre Van Monckhoven.

Van Monckhoven, de M. Léon Vidal, et du Dr Vogel.

Photomètre Van Monckhoven. — Ce photomètre se compose de deux boîtes, l'une s'adaptant au-dessus de l'autre, au moyen d'une charnière par derrière, et d'un petit fermoir par devant.

La boîte inférieure F G E est disposée absolument dans le sens du photomètre anglais, avec cette seule différence que le papier à nuance type, qui est collé sur le verre du couvercle dans le photomètre anglais, est remplacé ici par un simple papier noir, muni d'une petite ouverture par laquelle on peut également observer le papier photométrique lors de l'impression à la lumière. La boîte supérieure AG , ouverte en-dessous (c'est-à-dire sans fond) est munie vers le haut d'un verre dépoli, qui bouche toute l'ouverture supérieure; les bords d'en haut, immédiatement au-dessus du verre dépoli, forment une rainure dans laquelle glisse un couvercle en métal H qui peut fermer l'appareil. A l'un des bords de cette rainure, sont marquées 10 divisions, de sorte qu'on peut glisser le couvercle jusqu'à l'une ou l'autre de ces divisions, et modérer ainsi à volonté la lumière qui pénètre dans l'instrument. Ceci posé, on recherche, à quelle nuance le papier photométrique doit arriver, pour qu'en fermant le couvercle à moitié (soit à la 5ᵉ division de la rainure), on parvienne à obtenir dans cet intervalle l'impression convenable d'un cliché de force *moyenne;* la nuance obtenue ainsi sur le papier photométrique, sera prise comme type uniforme ; on tâchera de bien se l'inculquer dans la mémoire, car ce sera toujours cette seule et unique nuance à laquelle on devra aboutir, quelle que soit la force du cliché qu'on imprimera à côté. du photomètre. Mais, naturellement si l'on a un cliché plus feuilles minces de mica ou de papier transparent, de telle façon qu'après l'application de ce petit cadre au-dessus du plateau, la série A est couverte d'une feuille ou bande de mica, la série B de 2 de ces bandes, et la série C de 3 bandes. Chacune des 30 petites cases a à son centre une ouverture circulaire.

Quand maintenant on met *sous* le plateau une feuille de papier albuminé sensible, et qu'on expose l'instrument à la lumière, naturellement le papier sensible se colorera aux endroits des ouvertures rondes que présentent les cases, et le degré recherché sera atteint quand dans la case qui correspond à ce degré, le papier photométrique présente à l'ouverture ronde une teinte qui s'unifie avec la teinte ambiante de cette case.

Ainsi, supposons que pour imprimer convenablement un certain cliché placé à côté du photomètre, on ait expérimenté qu'il fallait arriver à la teinte N° 8 de la série A : on observera dans ce cas le papier sensible qui se trouve sous l'ouverture ronde de la case 8 A (et ce en ouvrant de temps en temps le couvercle); du moment que la teinte à cette ouverture est assimilable à celle peinte sur le restant de cette case, autour du rond, on enlèvera le châssis qui renferme le cliché en question. On continuera pour les autres clichés à observer la nuance du papier photométrique aux cases avec lesquelles ces clichés doivent correspondre; ainsi un cliché plus fort que celui dont nous venons de parler, aura par exemple besoin (au lieu de la nuance 8 A), de la nuance 8 C; c'est la même nuance, nous dira-t-on; oui, mais est en verre, et divisé dans la longueur en 20 parties égales : chaque fragment mesurera donc environ 2 $\frac{1}{2}$ centimètres (largeur de l'instrument) sur $\frac{3}{4}$ centimètre. La première de ces 20 petites cases est recouverte d'une mince feuille de mica ou de papier très-transparent appliqué à l'intérieur du verre, la 2ᵉ case reçoit 2 de ces feuilles, la 3ᵉ trois feuilles, et ainsi de suite, de manière à diminuer la translucidité de case en case jusqu'à la 20ᵐᵉ. Sur chacun de ces 20 petits groupes de mica qui interceptent la clarté, se trouve imprimé en noir bien opaque le n° d'ordre de la case. Le photomètre étant muni d'une bande de papier sensible, qui, lorsque la boîte se ferme, vient se presser contre la série d'entraves dont le verre est revêtu, on l'expose à la lumière, en même temps (comme toujours) que les châssis qui renferment les clichés à imprimer. Qu'arrivera-t-il ? Au bout d'un certain temps, la partie du papier photométrique qui se trouve sous la 1ʳᵉ division, commencera à prendre une légère teinte, ne laissant intacte que la place qui correspond au chiffre imprimé ; en d'autres termes, ce chiffre imprimé se dessinera en blanc sur un fond légèrement teinté ; plus tard le même phénomène se présentera sous la 2ᵉ case, c'est-à-dire que le chiffre 2 y deviendra visible sur un fond teinté ; plus tard encore ce sera le tour de la 3ᵉ case, et ainsi de suite, car plus l'entrave qui est mise entre la lumière et le papier sensible du photomètre est forte, et plus il faudra évidemment de temps, pour que la faible clarté qui passe, produise une teinte sur le papier photométrique et fasse apparaître le chiffre du degré. Le lecteur aura sans doute compris que les différentes stations d'impression dans cet instrument, forment une échelle, au moyen de laquelle on règle le temps de pose des clichés de différente force, c'est-à-dire que si un cliché faible s'imprime dans le temps nécessaire pour obtenir dans la 1re case du photomètre, l'apparition du chiffre 1 sur le papier sensible, il faudra pour un cliché *un peu* plus fort attendre l'apparition du chiffre 2, et ainsi de suite, de manière à monter au chiffre 15, et même plus pour un cliché très-fort. Naturellement dès le moment où le chiffre d'un degré quelconque, dont on a besoin, *commence* à devenir visible, ce degré est obtenu, et on enlèvera tout de suite le châssis qui contient le cliché qui y correspond; car si l'on attendait jusqu'à ce que la teinte du fond fasse bien clairement trancher le chiffre blanc au milieu, il n'y aurait plus de base fixe pour le temps ; un jour on pourrait dans ce cas laisser venir cette teinte un peu plus loin qu'un autre jour.

Le lecteur aura remarqué par la description des quatre photomètres, que nous avons essayé de lui faire connaître, que tous ces instruments reposent sur un même principe, notamment celui de produire sur le papier photométrique sensible une nuance quelconque déterminée, pour mesurer par ce moyen le temps de pose nécessaire à l'impression au charbon, d'un cliché photographique.

Les différentes recherches faites jusqu'à ce jour par

les inventeurs, pour le perfectionnement du photomètre, ont porté principalement sur la forme de la boîte
et sur sa disposition intérieure. Nous regrettons
beaucoup que les inventeurs n'aient pas cru devoir
pousser leurs investigations *dans une autre direc-
tion;* car d'après leur propre aveu tous les photomètres existants sont bons, si on les emploie avec
un peu d'intelligence, ce qui équivaut à dire que les
différentes modifications y apportées n'ont aucune importance capitale. Et en effet, en quoi consiste essen-
tiellement l'imperfection des photomètres actuels ?
En ce que le papier photométrique employé, et qui
est généralement sensibilisé au Nitrate d'argent, ne
marche point pas-à-pas avec le papier au charbon
pour la sensibilité ; en d'autres termes, que le papier
au Nitrate d'argent, sensibilisé de la même manière
et dans un bain de même force, est à peu près au
même degré de sensibilité par toutes les saisons, tandis que le papier au charbon, sensibilisé absolument
de même par tous les temps, est beaucoup moins sensible en hiver qu'en été. Il en résulte que pour remé-
dier à cet écart de rapport sensible, l'opérateur doit
recourir à certains moyens (décrits au chapitre V),
pour rétablir l'équilibre autant qu'il lui est permis de
prévoir et de calculer la différence. On comprend
dès-lors que cette grande difficulté serait levée, si on
pouvait trouver un papier photométrique, *de même
famille* que le papier au charbon, c'est-à-dire ayant
les mêmes caprices sous le rapport de la sensibilité, et qui sensibilisé dans le même bain de Bichromate qui sert à la sensibilisation du papier au char-

bon, puisse donner dans un intervalle *peu long*, des teintes suffisamment claires, pour pouvoir utiliser celles-ci comme échelles de comparaison, comme on le fait aujourd'hui avec le papier au nitrate d'argent.

Déjà nous avons essayé de sensibiliser au Bichromate de potasse des bandes de papier blanc gélatiné à 15 %, et ce papier exposé à la lumière nous a fourni des teintes, mais le temps de pose pour arriver à ce résultat était absolument trop long : il nous fallait au moins une heure pour obtenir une teinte appréciable. Peut-être existe-t-il un moyen pour activer ou renforcer notablement la sensibilité de ce papier gélatiné ; si tel est le cas, toute difficulté serait levée. Nous continuerons donc nos recherches dans ce sens , et nous ne désespérons pas d'atteindre le but désiré. Naturellement on devrait alors prendre comme type de teinte, une nuance conforme à celle que pourrait produire le papier gélatiné sensible, sous l'influence plus ou moins longue de la lumière. Naturellement aussi, on aurait à *chaque* série de tirages qu'on prépare, à sensibiliser une bande de ce papier gélatiné dans le même bain de Bichromate, dans lequel on prépare le papier au charbon : ceci serait du reste une petite besogne sans la moindre difficulté ni importance.

Cette question doit certainement se résoudre tôt ou tard. En attendant employons le plus intelligemment possible les moyens existants, c'est-à-dire le papier photométrique employé jusqu'ici ; et tenons bien compte des causes connues pour les perturbations dans la sensibilité du papier au charbon, telles que le degré de richesse du bain de Bichromate, l'ancienneté de ce bain, la qualité du papier au charbon, le temps d'immersion lors de la sensibilisation, la température à laquelle on travaille, etc. etc.

CHAPITRE XVII.

Papiers, instruments et substances.

Avant de terminer, nous ferons plaisir au lecteur, pensons-nous, en lui communiquant (à titre de renseignement) les prix auxquels se vendent les papiers et les principaux instruments employés dans la photographie au charbon.

Les papiers mixtionnés, ainsi que les papiers de simple et de double transfert, se vendent généralement en rouleaux mesurant 3ᵐ60 de long sur environ ˮ76 centimètres de large ; en voici les prix :

Papier mixtionné, diverses nuances, le rouleau à fr. 10-00		
» » (surfin) » »	»	**12-50**
» de transfert simple	»	**3-50**
» » double	»	**3-50**
Raclette . . . . la pièce	»	**5-00**
Photomètre Van Monckhoven	»	**15-00**

Ces prix sont ceux de la maison Van Monckhoven, et peuvent naturellement varier par suite de circonstances qu'on ne saurait prévoir.

Les papiers de l'Autotype Company, vendus chez

M^{rs} De Bonnier et Cie, à Bruxelles, sont aux mêmes prix que ceux ci-dessus ; mais nous ignorons à quels prix cette dernière maison vend les instruments indiqués ci-haut ; toutefois nous croyons savoir qu'on y vend le photomètre anglais à 5 francs.

Viennent ensuite les cuvettes, le blaireau et le thermomètre, pour lesquels il n'est pas nécessaire d'après nous, de s'adresser spécialement aux magasins d'articles de photographie. Les cuvettes, puisque le fer-blanc suffit, se confectionnent à bas prix sur commande chez tout ferblantier ; le pinceau-blaireau se trouve aisément chez les brossiers, et le thermomètre s'achète avantageusement chez les opticiens ou dans les magasins de quincaillerie.

Nous devons encore ajouter que pour ceux des amateurs, qui sont un peu habitués à de petits travaux, il n'est rien de plus facile que de confectionner soi-même, par exemple la raclette et le photomètre : la peine est très-petite et les frais sont minimes. C'est ainsi que nous avons construit notre raclette et notre photomètre (système anglais), *parfaitement* en règle.

Pour la raclette, il suffit de se procurer une bande en caoutchouc d'une épaisseur de 2 à 3 millimètres, d'une largeur d'environ 3 à 4 centimètres, et d'une longueur qu'on jugera nécessaire pour la raclette qu'on se propose de confectionner ; on se procurera aisément ce caoutchouc dans les magasins qui tiennent l'article. Appliquant alors de chaque côté sur cette bande, une baguette en bois mince, de même longueur que le caoutchouc et d'une largeur de 2 à 3 centimètres de manière à faire sortir la bande de caoutchouc, d'environ 1 centimètre, on fixera le tout au moyen de petites vis qui perceront les deux baguettes en bois et naturellement aussi la bande de caoutchouc que celles-ci emprisonnent. Disons à ce propos, que le bois des boîtes à cigares est d'un précieux concours pour de pareils petits ouvrages, parce qu'il se laisse facilement scier, couper et façonner, sans qu'on ait besoin d'outils parfaits.

Le photomètre anglais se construit aussi facilement et presque sans frais; rappelons d'abord au lecteur que la forme de la boîte est de fort peu d'importance ; ainsi notre photomètre (système anglais) est une boîte en carton, ayant environ 12 centimètres de long, sur 6 centimètres de large et 3 de hauteur. Les nuances types y sont représentées par du papier albuminé, qui après avoir été sensibilisé dans un bain de nitrate d'argent à 16 °/₀, a été teinté par l'exposition à la lumière du jour, et fixé ensuite à l'hypo-sulfite de soude, mais sans passer par le bain de virage.

Nous disons *les* nuances types, parce qu'outre la nuance fondamentale nous en avons produit une intermédiaire ou demi-nuance, car le lecteur comprendra que la durée de l'exposition à la lumière lors de l'impression, ne coïncide pas toujours exactement avec un nombre de nuances déterminé, mais qu'il faut parfois 4 ¹/₂, 5 ¹/₂ nuances, etc.

Nous ne dirons rien des prix des substances telles que le Bichromate de potasse, l'Alun, la gomme Dammar, la Benzine, l'Alcool, etc.; il est assez difficile de se procurer des tarifs réguliers de ces substances, et les prix sont du reste fort sujets à variation. D'un autre côté, l'amateur qui ne prend ces ingrédients qu'en petites quantités, ne verrait que du feu dans ces prix établis souvent au kilo et au litre, prix qui ne sont point suivis pour de petites quantités.

Ce que nous pouvons répéter, c'est que le Bichromate de potasse, l'Alun blanc, la gomme Dammar, etc. sont d'un prix peu élevé.

CONCLUSION.

Voilà notre tâche terminée, cher lecteur; nous nous estimerons heureux si nos descriptions et nos explications vous ont paru claires et suffisantes. Une première lecture aura peut-être pu vous effrayer par la quantité de petits détails, et vous aurez cru l'affaire bien compliquée; mais, si nous pouvons vous en prier, *recommencez* la lecture, mais lentement et attentivement, pas trop à la fois : demain vous pourrez continuer.

Ensuite, comme déjà nous croyons l'avoir dit, commencez vos essais par le transfert simple, sans vous soucier du reste ; les commencements paraissent toujours difficiles, mais vous verrez bientôt que vous vous êtes effrayé à tort, que la difficulté n'est pas à beaucoup près, aussi grande qu'elle le paraît dans la lecture; vous y prendrez goût à cause de la simplicité réelle que vous rencontrerez en opérant, et vous vous convaincrez alors que si nous avons été obligé de décrire longuement et minutieusement les moindres détails, — ce qui a produit une complication apparente, — c'était uniquement pour préserver de toute idée de malentendu, celui qui est absolument ignorant de tout ce qui concerne le système au charbon. Mais, très-probablement, après vous être mis bien au courant de la manipulation, quand cet opuscule vous retombera encore sous les yeux, vous vous écrirez :

TABLE DES MATIÈRES.